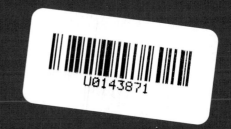

水墨名家经典

SHUIMO MINGJIA JINGDIAN

趙樹繁

中国画报出版社

简介

赵树繁，男，汉族，1954年11月出生于甘肃省民乐县。1969年下乡务农，1973年入张掖师范学习，1975年毕业后当中小学教师，1981年考入西北师范大学美术系，1985年毕业留校任教。1991年赴日本广岛大学教育学部美术学科学习。1994年回国到北京邮电大学文法经济学院美育教研室工作至今。现为邮电大学文法经济学院副教授，硕士生导师。

著作四部：《怎样写好粉笔字》、《大学生书法速成》、《赵树繁祁连山画集》、《赵树繁园林画集》。文章12篇发表于《美术大观》等杂志上。80年代入选《当代青年书法家百人集》等20多部作品集，在“兰亭杯”等全国性大赛获奖30多次。中国画《小店》获甘肃省美展二等奖等。1991年至1994年在日本留学期间举办个人画展一次，三人联展一次，作品入选广岛现代美术作品展并被收入作品集等。

1995年作品《书法汉简》获国家体委主办的“95中国体育书画大展”佳作奖。97年国画作品《致富之路》获中国美协等主办的“中国民族杯”一等奖。97年国画作品《妙造自然》入选文化部主办的“北京首届国际扇面艺术展”等。

2003年，书法绘画作品均入选文化部主办的“情系西部——国际书画摄影展”。中国书协、美协等联合主办的国际书画摄影大展书法一等奖等。

序

人生在世，讲究一个缘字。原本以为在我的笔耕“菜系”中，是没有园林这道“菜”的。在大西北的祁连山脚下长大的我，除了画祁连山，就是边塞荒漠。却是没想到会和清溪婉转，绿荫满园的园林绘画结下情缘。日本留学期间我进入了富永园林公司打工，断断续续的干了两年半的光景。熟悉了园林的各项制作流程，积累了大量的园林艺术设计知识。此后，从广岛后生会馆的第一张庭园画作品开始了园林绘画的笔耕钻研，一干就是十四年。今天对自己的几十幅园林作品的结集出版也算是人生一段经历的交代吧。

我画的这些园林作品大多数是日本园林的现实写真。其中也画了一部分中国园林作品，便于比较尝试。由于园林是人工所造，加上修剪的刻板，增加了绘画的难度，并且在构图上也很难再创造。尤其是现成的园林绘画太少，想从中找到参照和学习的范本很难，特别是日本园林。所以，只能凭一种直观的感受去画。自己感觉画的很刻板，也常常试图画的灵动活泼一些，寻找一种水墨画的空灵之韵的墨气。但由于水平有限，在目前难度很大，似乎水墨的技能在人造园林中表现还需时日。需要不懈的努力去探索。随着时间和数量的增加会逐渐摸索出一套经验和方法。人生短暂，十几年的园林绘画结集出版，拿出来让大家看看，也算是对这十几年的园林笔耕的一个总结。特别是在日本广岛留学期间，受到富永昭比古先生和夫人的关照，使园林学习得以顺利的进行，这些作品也算是对富永造园园林公司的一个回报吧。

日本庭園に魅せられて

趙樹繁氏は、1991年広島大学デザイン科に留学しておりました。当時アルバイトで富永造園で働いていて日本庭園を拝見するチャンスが多々ありました。古典庭園から豪邸、わずかなスペースにお茶に見られる「わび、さび」を感じる、趣のある閑寂な庭に心動かされ日本庭園に魅せられていきました。彼は、時間の許す限り日本庭園を研究し1994年帰国後10年の歳月をかけ中国と日本の庭園をモチーフに80点の作品を書き上げました。

趙氏の研ぎ澄まされた感性がどう表現されたか楽しみにしています。中国と日本の対比も面白いと思います、私も10年近く中国へ通って庭も多く拝見いたしました。日本の緻密に計算され、一つの石、一本の枝にまで神経のいきとどいた庭とちがって、おおらかでスケールの大きさに息を呑むおもいです。何年か前にツアーで出かけたときガイドさんの話、親子二代で庭石を北京迄運んだと気の遠くなる話を聞きました。恥ずかしい話ですが多くの庭を拝見しておりますが、場所も名前も忘れております。ただその瞬間、瞬間は、脳裏に残影として残っておりもす。

塀にあけた洞門をくぐると、そこは別世界だったり、建物のかどを曲がると一瞬に変化のある世界がひろがったりします。趙氏が趣のちがう日本と中国の庭をテーマに感性ゆたかな才能を開花した作品にしあがっています。

2005年10月吉日　　是方美葉

日本园林系列

日本园林系列

日本园林系列

日本园林系列

日本园林系列

日本园林系列

日本园林系列

日本园林系列

日本园林系列

日本园林系列

日本园林系列

日本园林系列

日本园林系列

日本园林系列

日本园林系列

日本园林系列

日本园林系列

日本园林系列

日本园林系列

松村在的家

日本园林系列

树老根弥壮

日本园林系列

日本园林系列

日本园林系列

日本园林系列

日本园林系列

日本园林系列

日本园林系列

日本园林系列

日本园林系列

清泉古树邀明月

日本园林系列

日本园林系列

日本园林系列

日本园林系列

日本园林系列

心園
樹繁畫

日本园林系列

日本园林系列

游览仙境图

中国园林系列

中国园林系列

中国园林系列

中国园林系列

中国园林系列

客山蝶泉

园林入梦意茫茫 画意诗情笔砚乡

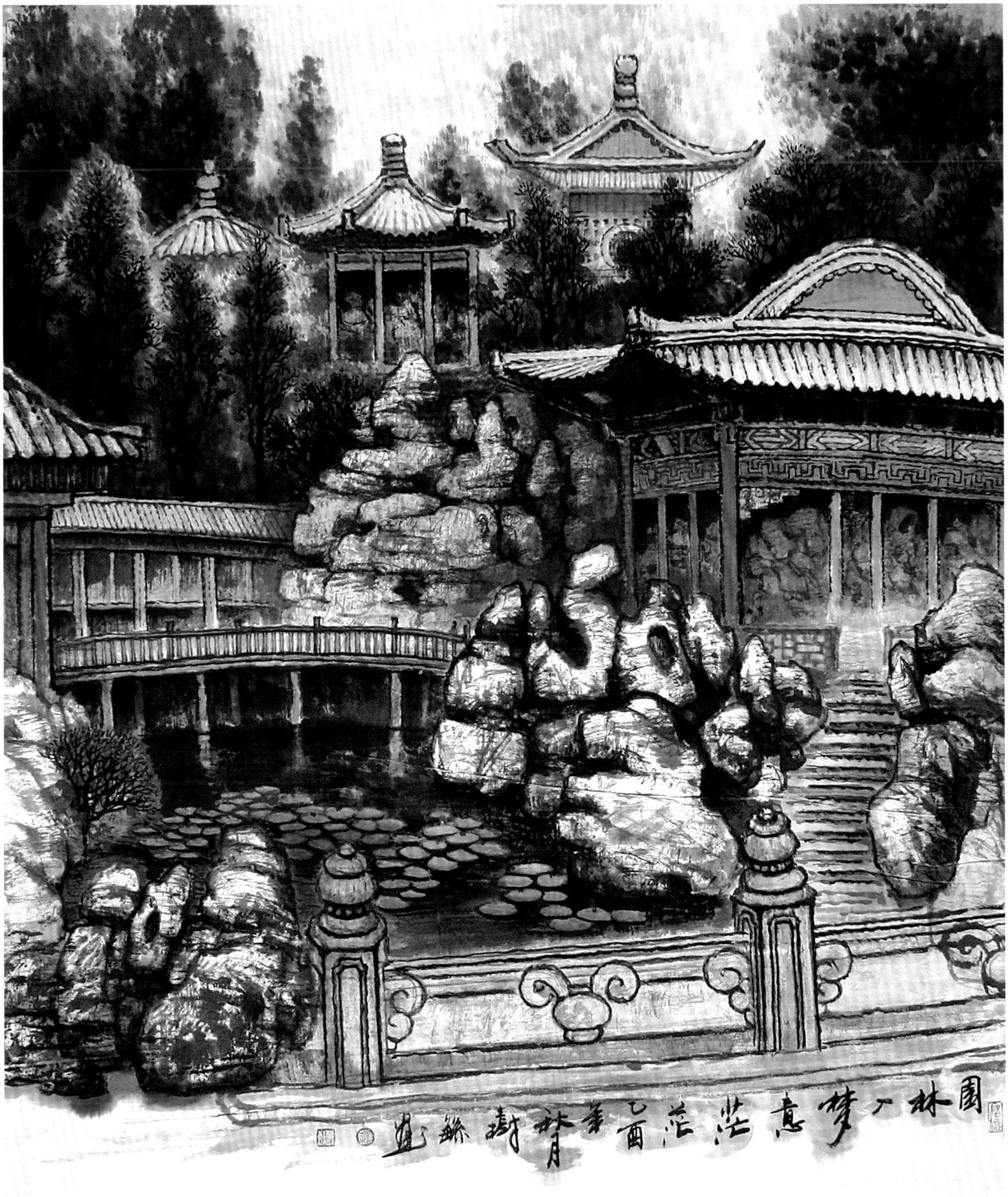

日本园林系列

图书在版编目（CIP）数据

赵树繁作品集／赵树繁绘．－北京：中国画报出版社，2005.12

（水墨名家经典；1／彭世强主编）

ISBN 7-80024-986-7

Ⅰ．赵...　Ⅱ．赵...　Ⅲ．中国画－作品集－中国－现代　Ⅳ．J222.7

中国版本图书馆CIP数据核字（2005）第141334号

策　　划／王四海　韩　峰

主　　编／彭世强

执行主编／郑洪明

文字审核／马晓燕

装帧设计／王恩惠

责任编辑／郑学文

责任印制／李　河

出　　品／北京盛唐翰墨国际书画艺术院

出版发行／中国画报出版社

设计制作／北京盛唐翰墨艺术工作室

印　　刷／北京方嘉彩色印刷有限责任公司

开　　本／889×1194　1/16　4.5印张

书　　号／ISBN 7-80024-986-7

出版日期／2005年12月第1版第1次印刷　印数：1-1500

全套十册定价／580元
